아버지 어머니

그리움 사랑

아버지 어머니
그리움 사랑

초판 인쇄 | 2011년 08월 30일
2쇄 발행 | 2018년 10월 25일

지은이 | 이인환
펴낸곳 | 출판이안

펴낸이 | 이인환
등 록 | 2010년 제2010-4호
편 집 | 이도경, 김민주
주 소 | 경기도 이천시 호법면 단천리 414-6
전 화 | 031)636-7464, 010-2538-8468
팩 스 | 070-8283-7467
인 쇄 | 이노비즈
이메일 | yakyeo@hanmail.net
홈카페 | http://cafe.daum.net/leeAn

ISBN 978-89-965961-4-1(03810)

값 10,000원

아버지 어머니
그리움 사랑

이인헌 첫시집

출판이안

아버지 어머니 그리움 사랑

아버지 잠드신 산중턱
팔순 넘긴 어머니
주름 골골이

봄 여름 가을 겨울
그리움 여울지는
상처 보듬고

시어 하나 품을 때마다
바람도 미소 짓고
구름도 산새도

사랑하라
힘내라며

소소곤
토닥토닥

　먼저 갑작스런 교통사고로 돌아가시는 바람에 임종도 못해
드린 아버지께, 두 딸을 남겨두고 홀쩍 떠난 아내에게, 어떻게

든 살기 마련이라며 용기를 주시는 팔순 넘기신 어머니께, 이 자리를 빌려 꼭 드리고 싶은 말이 있습니다. 사랑했다고, 사랑한다고, 그 힘으로 오늘도 이렇게 꿋꿋이 살고 있다고.

시를 생각할 때가 제일 행복합니다. 어설픈 시인이 되기보다 먼저 사람이 되어야 한다며, 부족함이 많은 저에게 스승의 소중한 인연을 맺어 주시고 열매까지 맺게 해주신 채수영 교수님께 감사드립니다. 아울러 매주 창작의 기쁨을 함께 누릴 수 있도록 함께 해주신 부악문학회 회원님께 감사를 드립니다.

저의 일등 독자이자 든든한 후원자인 두 딸과 누이동생 내외에게, 그리고 부족한 동생을 위해 묵묵히 사랑으로 감싸 주시는 누님, 큰형, 작은형 가족에게도 감사와 사랑의 마음을 전합니다.

또한 무엇보다 제가 이렇게 부끄러운 속내를 드러내는 용기를 낼 수 있도록 많은 격려를 해주신 인연 있는 모든 이들에게 이 자리를 빌려 진심으로 감사를 드립니다.

감사합니다.

2011년 8월에
경기도 이천에서
이 인 환

1부

왜 몰랐을까
그것이 아버짐을

2부

어머니 꽃밭 속에
꿈 젖은 백일홍

3부

그리움의 강
내 고향 단내

4부

그대가
웃어주니 좋아라

5부

조만큼 보일 듯이
요만큼 들릴 듯이

6부

설레는
마음만 챙겨도

1부

왜 몰랐을까
그것이 아버짐을

솔 향내 나는 풍경

아버지 잠 드신
솔 숲에
함박눈이 내렸다

좌로 우로 생긴 대로
사시사철 솔 향내 풍기는 숲으로
한 줌 거름이 되신 아버지

뿌리가 흔들리면 쉽게 죽어
옮겨 심기가 어렵다는
조선 소나무 숲에

함박눈 휘어진 가지 위로
아버지의 향내가 풍겼다

아버지의 봄

1.

봄이 오는 소식을
아버지는 등으로
짊어지셨다

지게 가득 외양간
쇠똥 거름 뒷간 인분
논으로 밭으로

땅 속 깊숙한 곳에서
언 땅 뚫고 기지개 켜는
봄의 생기를

뜨거운 입김 날리며
아버지는 거뜬히
등으로 짊어 지셨다

2.

아버지의 봄에는

삼남이녀의 봉오리가
망울져 있었다

아지랑이 햇살 버들강아지
봄 노래 한 줄 제대로
부를 줄 모르던

아버지의 지게 위로
기승을 부리던
꽃샘추위

두 딸의 아버지 아들의
어깨 위로 시나브로
내려 앉는다

나 이

워낭 소리 앞세워
쟁기를 끄셨다,
아버지는

고랑을 만들고
맨발로 종자(種子)를 심었다,
아들은

썩어야
빨리 썩어야 하는
종자의 운명

처마밑에 낡아가는 쟁기 속으로
아버지는 워낭 소리 따라 기시고

아들의 고랑 속에
세월이 여문다.

아버지의 소낙비

애써 피하지 않았다

잰 걸음 종종 걸음
후다닥 난리 피울 때

호들갑 떨지 말라
지나고 나면 그뿐이다

갈무리 못한 땀방울
느닷없는 먹장구름
아랑곳 없이

아버지는
할 일을 마쳤다

그칠 줄 알기에
묵묵히
받아 들였다

신 발

1.

집을 나설 때면 아버지를 신는다.

종아리 퍽퍽한 아스팔트 길도
돌부리 채이는 오솔길
자갈길 가시밭길도

발걸음 곱게 지켜주는
아버지가 있기에
두렵지 않다.

2.

아버지를 신는다.

아버지가
걸었을
아버지의 아버지가
걸었을
아버지의 아버지의 길 위에

닳고 해질지라도
감싸야 할 아버지의
길이 있기에….

개나리꽃

상추 한 잎 애호박 하나라도
앞집 뒷집 옆집에
나눠 드셨다
아버지는

아는 걸까
개나리는
아버지의 삶을

홀로 솟아 오르기보다
앞으로 뒤로
옆으로

더불어
의지가 되고
울타리 되면서

샛노란 자태로 가끔씩
수줍은 미소
짓고 있으니

아버지의 가을

1.

고구마 밤 아람
참깨 들깨
벼 이삭

알알이 영글던
아버지의
땀방울

무덤가 고추 잠자리
아는 듯 모르는 듯

2.

술기운 풍길 때만
속내를
내비치던

아버지 주름가에
가득 찼던

여름 땡볕

그때는 왜 몰랐을까
그것이 아버짐을

아버지의 겨울

1.

사랑방에 공방을
차리신
아버지

새끼 꼬아
가마니 돗자리 소쿠리
멍석에 수수빗자루

골방을 가득 채우던
한겨울의 땀 내음

아버지 따라
먼 길 떠난 지
오래

2.

뒷산에 출근 도장을
찍으셨던

아버지

가랑잎 솔가지 고주박
소나무 아까시
참나무 장작

삼남이녀의 온돌을 거뜬히
짊어지셨던 한겨울

지게질 거친 숨결 따라
혹한도 잠든 지
오래 오래

도드람산을 보며

왜 –
"예!"
라고 못했을까?

칠십 평생 지척에 살며
이름만 들었다는
아버지

눈 감기 전에 한 번쯤
올라 보고 싶다
하실 때

나는 왜
반나절
마음조차 못냈을까?

산은
기다리는데
변함없는 자리인데

이렇게
사무칠 줄이야
가슴 아릴 줄이야

아버지의 잠바

차마 태우지 못하고
십 년을 모셨다

시장통에서
사 드린 그해
겨울

좋아라
함박 머금던
칠순의 아들 자랑

와르르
순식간에
무너진 하늘

꺼이꺼이
보낼 수 없어

이것만은
이것만이라도

차마 태우지 못하고
십 년을 모셨다

아버지의 길

1.

아버지처럼
살지
않을 거예요

팍팍 철부지 못
박아 댔던
길

아빠가
해 준 게
뭐 있어요?

사춘기 말부리
콕콕
찔러 대는 길

2.

어느 새
길이

놓여 있었다

하늘 아래
땅 위에

아버지가 걸었고
아들이 따랐을

지붕 안에
지붕 밖에

가시밭길
숙명의 길

봄 눈
- 두 딸에게

1.

무엇이 생각나니?
봄눈 하면

새싹이요.
왜?
눈 녹으면 돋아 날 거잖아요.

무엇이 생각나니?
봄눈 하면

짜증이요.
왜?
길이 질퍽이잖아요.

2.

좋고 싫음을
따지지 않았다

아버지는

꽃눈 틔우던 목련
개나리 진달래
눈발 맞으며
망울 부풀리고

새 순 내밀던 냉이
씀바귀 고들빼기
눈 속에
뿌리 내리듯이….

아버지의 시계

어느 순간
딱
멈췄다

충분했건만
미처 챙기지 못한
앞 서 가신 발자취

아프게
아프게
가슴을 파고 드는데

일말의 미련도
기회도
남기지 않고

딱
멈춰 버렸다

2부

어머니 꽃밭 속에
꿈 젖은 백일홍

냉 이

호미 끝에
걸려드는

삼남이녀
봄의 별미

머리수건 동여 맨
꽃샘바람 매서워도

밭고랑 논두렁
파릇파릇
미소 지으며

아지랑이
피워 올리던

어머니의
사랑

찔레꽃

1.

쥐불 할퀴고 간 자리
밭두렁 가시덤불

도려내고 쳐내도
질기고 질기게

오뉴월 땡볕 아래
점점이 하얗게
피워 올린

은은한
향내

2.

꽃 속에 뱀 들었다

다가서면 들려오던
어머니 목소리

동여 맨 머릿수건
김매는 호미 끝으로
까맣게 타들어 간 얼굴

분 한 첩
향수 하나
나보란 듯
써 본 적 없는

차마 쉽게 꺾을 수 없는
어머니 향내

어머니

논밭일 팔십 평생
살 태우시고 뼈
삭혀 오신
어머니

앙상한 몸매
쪼그라든 주름
약으로 병원으로
의지하지만

약 한 봉지 드시더라도
짐이 될 수 없다며
자식부터
챙기시는
상난진 세월

애오라지
자식 걱정
한 점 부담마저
떨구려는
가없는 사랑

백일홍

1.

천상*의 꽃을 꺾은 죄로
없는 집에 태어 났다는구나

이제는 가야지
깨끗하게 가야지

팔순 넘기신 어머니
넋두리처럼

가을 맑은 햇살 아래
저물어 가는 백일홍

2.

오래 머무니 좋았구나
좋은 모습 많이 보았으니

한 티끌 짐이라도 남길까 봐
머문 자리 정리하듯

한 톨 꽃씨라도
애중지

어머니 꽃밭 속에
꿈 젖은 백일홍

*천상: 열 가지 착한 일을 닦으면 간다고 하는 하늘 위의 세계.

불 효

살아 있는
동안은
어떻게든
살기 마련이라고

팔순을
넘긴 어머니가
불혹을 넘긴
자식을 위로합니다.

불효2

보고 싶구나

잊을 만하면
들려오는

홀어머니 여든 둘
풀 죽은 목소리

바빠서요
죄송해요

귓전으로만 흘리는
불혹의 초라한
변명

어머니와 낙엽

1.

"옛다, 다 가져라
죽으면
가져 갈 것도 아닌데…."

팔순 넘기신 홀어머니
앙상한 손으로
계절이 낙엽 털 듯
탈탈
지갑을 터셨다

모처럼 찾아 온
아들 딸
손(孫)
외손(外孫)
반갑게 맞으며

2.

"참, 곱구나

저렇게
곱게 가야 할 텐데…."

유난히 고운 저녁 놀
어머니 검버섯
물들여

지는 단풍잎을
흔들었다

일손 분주한 김장철
힘이 부쳐도
오히려
큰며느리 짐 될까
슬그머니 나선
바깥 바람

능소화

1.

담인들 어떠랴
벽인들 대수랴

그리워
그대 그리워

악착같이 타올라
억척스럽게

언제 오려나
어디쯤 오려나

울타리 너머 풀풀
풍기는
애틋한 연심(戀心)

2.

이슬 바람 흙 땅

비 구름 햇살

오롯이
꽃으로
피워 오르면

빈 집 지키시는
기다림의 거울 속

홀어머니
아득한 길

속속들이 펼쳐주는
능소화
고운 얼굴

겨울비

포근하니 좋구나
불청객도
다 오시고

저것들도 살겠다고
날을 택했구나

부슬부슬
부슬슬

한겨울 창 밖으로
시어를
뿌려 놓는

팔순 홀어머니
주름 골에
넉넉히 흐르는
계절의 여유

어머니의 손

좀
잡아 주련?

팔순 넘어
부쩍 기대시는
어머니 여생

굳은 살
거친 세월
골골이 빠져 나간

앙상히
여린 살결
빈손으로 채우시며

한생을 전해주는
어머니의
숨결

오이도에서

좋구나
좋구나

한 시간 거리
바닷가

연신 출렁이는
어머니의
여생

물결 물결마다
여무는
황혼의 찬가

3부

그리움의 강
내 고향 단내

단 비

비가 내린다 개나리꽃
우거진 울타리로

볍씨 불리며
못자리 준비하는 뜨락으로

꼭 필요할 때 알맞게
내리는
비

흙먼지 뒤집어 쓴 농기구
말갛게 씻어주는
비가 내린다

단내별곡

－ 해야 해야 나오너라
　　짠지국에 밥 말아 먹고
　　장구치고 나오너라
　　북치고 나오너라

그리운 것이 어디 이름뿐이랴

자치기 비석치기 딱지치기
진돌이 빵울놀이 오징어놀이

벌거숭이 동무들
모이기만 하면 마냥 즐겁던 놀이들

건들바위 장수바위 삼형제바위
산이 있어 산에서 놀고

개헤엄 송장헤엄 개구리헤엄
내가 있어 내에서 살고

오방뜰 창뜰 물건너
들이 있어 들에서 뒹굴던

내 고향 단내

유년의 단물 쉼 없이 흘려 보내는

삼백 년 수호신 느티나무 가지 위로
붉게 타오르는 태양도

옥시울 옥수암 와룡산 너머
산 그림자 드리우는 황혼도

아스라이 고즈넉이
살아 오는데

그리운 것이 어디 이름뿐이랴

단내에 가면
-단내별곡2

난이 난이 못난이
대머리 까진 못난이

깽이 깽이 말라깽이
비쩍 마른 말라깽이

단내에 가면
들려오는
아련한 목소리

질세라 별명으로
악다구니
써대던

나는 못난이
너는 말라깽이

어느덧 그리움의 강
고향의 노래

내 고향 단내
-단내별곡3

"동촌때기 왜 왔니? 왜 왔니?
 오방뜰로 돌아서 긴재로 돌아서
 니네 집에 가거라 가거라~~ "

왜 그리도 떠나고 싶어 했던가
결국 이렇게 그리워 할 것을

이제는 흔적조차 없어진
공동우물 경계선
만들어

너는 동촌때기
나는 서촌때기

치기어린 편 가르기
일당백 텃새도
아련한 그리움이 되고

이제는 콘크리트 덮여 버린
골목골목 다람쥐 나무 타듯
스쳐 가는 바람

결국 이렇게 그리워 할 것을
왜 그리도 떠나고
싶어 했던가

단내성지 회고(懷古)
−단내별곡4

우리
머물다 간 자리에는 무엇이 남을까

품앗이 김 매던 밭고랑과
땔감 지게질 헤집던 산자락 곁에

초라했던 묘지 주인
성인(聖人)으로 살아오고

가재 잡기 파헤치던
산골짜기 도랑물

도토리 밤 주우러 오르내리던
산등성마루에 걸린 낙조(落照)

목숨 걸고 지킨 신념
추앙 행렬 비추며

범접하기 힘든 성지로
자리 잡아가는데

우리
머물다 간 자리에는 무엇이 남을까

* 단내성지 : 병인박해(1866년) 때 순교한 정은(1804~1866) 바오로의 묘가 있는 곳으로, 2000년 4월 주변 지역이 성역화로 단장되면서 수많은 신자들이 찾는 천주교의 주요 성지로 자리 잡음.

삼형제바위 추억
– 단내별곡5

1.

사람 흔적 끊기면
어쩔 수
없나 보다

전설도 폐가처럼
잊혀지는 걸 보니

끊긴 길
헤집는 불혹
땀방울도 송송글

2.

*오방뜰 물건너
넘실대는
유년의 꿈

소나무 갈참나무

속속들이 옛추억

찾으니 반가운 것을
산새도
조잘조잘

* 삼형제바위 : 단내 뒷산인 와룡산 정상에 있는 바위. 애기 못 낳았
던 여인이 치성을 드려 삼형제를 얻었다는 전설이 있음.

* 오방뜰 : 단내 앞에 펼쳐진 들 이름.

웃들고개
– 단내별곡6

1.

고갯길 산마루
어디쯤
있었을까

퍽퍽한 산길 따라
구름도 수다 떨며

지름길 찾은 이웃들
인정을
나눈 자리

2.

사라진 게
장터길
지름길뿐이랴만

샘물이 남은 골짝

가재도 꿈틀대고

옛길을 더듬는 걸음
돌부리도
새록새록

* 웃들고개 : 동부권광역자원회수시설이 들어선 호법면 안평리 태
봉산 고갯길. 예전에 이천읍내에서 단내로 들어오는 차가 없을 때
단내 사람들은 수원행 차를 타고 안평리에서 내려 웃들고개를 넘어
왔다.

물건너 연가
– 단내별곡 7

1.

야무진 물수제비
환호성
칠 때마다

출렁이던 은빛물결
아련히
반짝이면

소나무 숲 둥지 틀던
학의 무리
춤을 추고

2.

잡아 봐라
첨벙첨벙
줄행랑 치고 나면

가랑이 젖을까 봐
발만 동동
약 올라라

어디서 무엇을 할까
목청 놓던
그 친구는

* 물건너 : 단내 사람들이 마을 앞을 흐르는 냇물 건너편을 부르는
이름.

진달래꽃
− 단내별곡8

1.

* "아가야 아가야
이리 온

참꽃 줄게
이리 온~"

화들짝
줄행랑 치던

노랫소리
귓가에 윙윙

어디에 숨었을까
놀려 먹던 동무들

2.

뒤꼍에 묻어 둔

항아리 참꽃술

여닫이 방문
창호지 꽃무늬

천연 주전부리
지천으로

씹어도 씹어도
질리지 않고

어제도 오늘도
물리지 않던

와룡산자락
연분홍 추억

* 문둥이가 참꽃 뒤에 숨어서 어린 아이를 잡아 먹기 위해 꾀는 소
리라고 했음.

짠지발 전설
– 단내별곡 9

고무신도
호사였던 발바닥

참외 서리
수박 서리

논두렁 밭두렁
줄행랑

자갈밭 운동장
뺑뺑
똥볼 띄우던

아련한
*짠지발 전설

* 짠지발 : 맨발을 일컫던 말

춘천에서
– 단내별곡 10

사람을 만났습니다

낭구 아부지
짠지가 통하고

했던 거여
그랬던 거여

아주 익숙한
단내 향기 풍기는

어깨동무
하고픈

사람을
만났습니다.

빨래터

1.

얼마나
많은 이를 보내야
알게 될까

주고파도
받는 이 없으면
상처인 것을

거미줄 낡은 빨래터
찾는 이 없어
슬픈 전설

2.

방망이로 다듬던
애절은
속사연들

주거니 받거니

개울 따라
흘러가고

화들짝 놀란 거미줄
왜 이제 오냐
호들갑

설봉산

숲이 있고
호수가 있고
사람이
있다

밤을 삼키는 안개도 있고
동녘의 눈부신 햇살도 있고
하루를 여는
숨결도 있다.

바람
꽃
낙엽
흰 눈

4부

그대가
웃어주니 좋아라

춘설(春雪)

좋은 모습 보여 주려
애 쓰는 것은
어쩔 수 없나 보다

꽃 축제 홍보하는
봄 기운 앞세우더니
벚꽃나무
목련나무
참나무
소나무
가지가지에

하얀 꽃송이 듬뿍듬뿍
리허설을 펼쳤네

첫사랑

몰랐습니다 이렇게
회한이 될 줄은

건들면 터질 것 같은
눈망울

차마 꺼내지 못한
속내

뒤돌아 떨구었던
눈물

정말 몰랐습니다 이렇게
신기루가 될 줄은

첫사랑2

만났습니다
당신 닮은
사람을

설마?
혹시?

달아 오르는 얼굴
들 수 없어

힐끗힐끗 지어 보는
헛웃음

양 볼을 할키는
매정한 바람

첫사랑3
– 딸에게

첫사랑은 깨진다는데
정말이냐고?
흐흣 글쎄다

나만은 꼭 이루고
싶은데
어떻게 하냐고?

너무 잘 하려 말고
받으려고만
말면….

뭐, 엄마가
첫사랑이냐고?
흐흣
비밀이다

짝사랑

들킬라
알세라

두두근
조마조마

놓칠라
아까워

실실실
헤식헤식

시 작

1.

그대 앞에선

쿵쿵쿵
두근두근

언제나
설렘으로

더러는
두려움으로

쿠웅 쿠웅
두근 두우근

2.

그대 앞에선

어디서나

오로지

숨 죽이고
죽이다

때로는
후우 후우

내려 놓고
내려 놓고

단 골

1.

그대가 웃어 주니
세상 밝아라

호숫가 버들강아지
솜털 웃음마냥

뜨내기 구름에도
맑은 미소 지으며

환하게 반겨 주니
정말 좋아라

2.

내 자리 없어도
좋아라

그대에겐 모두가
특별난 사람들

미소만 준다면
눈짓만 준다면

구석자리
한 모금 물이라도
마냥 좋아라

표 정

1.

못 보니까
사는 대로 짓는다

한 번이라도
본다면

함부로
짓지 못하리라

살 만하니까
짓는 대로
산다

2.

웃어 주니
좋다

입가에

눈매에
양 볼 가득

사람 좋은
모습으로

기쁨 채워주는
그대가
정말 좋다

난 로

말하지 않아도
모여 드네
사람들은

손 호호
발 동동
호들갑 떠는 이도

목도리 벙거지
털장갑 깊숙이
여유 부리는 얼굴도

묵묵히 온기
퍼트리는
마음 곁으로
따뜻한 가슴 곁으로

알아서 알아서
저절로
모여 드네

바 람

홀로일 땐 의미가 없다

누군가 곁에
있어야 바람이 된다

하늘거리는 나비 곁에
흔들리는 잎새 곁에

조용조용
머무는

심술 놓는 눈비 곁에
성난 파도 곁에

쉬익 쏴악
장단을 놓는

누군가 곁에
있어야
바람이 된다

만우절

전화가 왔다
반가운 이에게

철렁
내려 앉았다
가슴이

"오늘이 무슨 날이죠?"

순간
올리고 싶었다
종주먹이라도

살아 있음을 일깨워 준
반가운 이에게

짝사랑 연서

목소리 들려주고
흰소리라도
들어주고

가끔 가끔
얼굴 보여줘서
고마워요

생각만 해도
괜히 행복해서
고마워요

매양 가까이
있어줘서
고마워요

닭 한 마리 사랑

1.

정말 좋았을까

불혹 중반을
뛰어 넘은
두 딸의 아빠

나는 아직도
뒷다리가 좋은데
좋기만 한데….

2.

가슴살이 좋다며
뒷다리 내미는
큰딸

껍질이 좋다며
조잘대는
작은딸

닭 한 마리 삶아 놓고
눈빛으로 마음으로
나누는 사랑

효 녀

나 효행상
받았다~ㅋ
사랑해, 아빠

휴대폰에 새겨진
열다섯
딸아이의 낭보

그래 고맙다

하늘나라 엄마도
기뻐할 거다

밝고 원만하게
자라 줘서
더더욱

5부

조만큼 보일 듯이
요만큼 들릴 듯이

백목련

여명 속으로
기다렸다는 듯이
울려 퍼지는 산새 소리

눈 부셔
물기 먹은 햇살에
아련히 살아오는
얼굴 얼굴들

쑤꾹! 쑤꾹!
구국! 구국!
으윽! 으윽!

가지가지 흐드러진
그리움
하얀 송이
송이

파 도

1.

그렇게 가니
좋은가

철썩 철썩
시퍼렇게 때려 놓고

감쌀 듯 보듬을 듯
다가왔다 돌아 서니

머물 수 없으면
내색이라도 말지

철썩 철썩
멍울지는 그리움

2.

이렇게 애태우니
좋은가

쏴아 쏴아
새하얗게 지워 놓고

보여 줄듯 들려 줄듯
다가왔다 사라지니

함께 할 수 없으면
시늉이라도 말지

쏴아 쏴아
부서지는 냉가슴

눈 꽃

1.

가슴이 시릴수록
어려오는
그리움

이전에도 저렇게
설레임
뿜었을 게다

그때는 단지 그대가
함께 함으로
느끼지 못했을 뿐

2.

향기 없은들
어떠리
순백의 향연인데

햇살도 달뜬 표정

바람도
뒤질세라

살포시 미소 지으며
하얀 꽃잎
뿌려주네

노 을

1.

별 길로 가는 걸음
하루의
전별인가

머물다
떠나는 일
익숙할 법도 한데

은은히 가슴 적시는
별리의
담수채화

2.

피할 수 없으면
즐기리라
다짐했건만

황홀경 혼줄 놓고

헤살 짓다
눈이 멀어

애틋한 상흔 보듬고
가뭇없이
토하는 피

3.

중천에 이글이글
제 아무리
혹독해도

삼라만상 찰나지간
견딜 만큼
준다더니

그렇지 여기 이렇게
쉬어 갈 공간
펼쳤구나

황혼가

산새도 물새도
스러지는
그림자도

때가 되니 노래하네
전전반측
베겟잇을

털어야
털어 버려야
별이 되는 사연을

앵 두

1.

바가지로 흥겹게
사발 가득
흔쾌히

씹을 것 없어도
나눌 것은
많았던

알알이 훈훈한 열매
빨갛게 익은
추억

2.

누가 먼저 지었을까
*앵두장수
설운 이름

아니라고

떠난 이 잘못만은
아니라고

옛 집터 우거진 가지
초롱초롱
열린 이슬

* 앵두장수 : 잘못을 저지르고 어디론지 자취를 감춘 사람을 이르
는 말.

장 마

1.

하늘도 답답하면
어쩔 수
없나 보다

울어 울어
속시원히
털어 내는 걸 보니

벌판에
넘실거리는
황토빛 응어리들

2.

받아 줄 누군가
있다는 건
축복이지만

사연도 나름나름

상처가
너무 크다

세상사 과유불급을
하늘도 깜빡
했나 보다

추경애가(秋景哀歌)

1.

발걸음 호젓한
새벽 숲 등산로에

무심히
날개 접은
여치 한 마리

밟힐라 마음 졸이며
날려 봐도
그 자리

2.

가득히 숲 채웠던
노랫소리 생생한데

가슴 졸임
애처로이
한 생명 접고 있네

계절을 어쩌지 못해
나뭇잎도
하늘하늘

안 개

1.

조만치
보일 듯이
요만큼 들릴 듯이

애 태우는 버릇은
누구에게
배웠는가

그대로 있는 그대로
보여주면 좋잖은가

2.

오늘은 말해야지
그립다
보고프다

되뇌고 되뇌어도
입 안에만

맴돌 뿐

흐릿한 안개비 속에
눈시울만
가물가물

슬픈 인연

힘들 때 생각나는 건
눈물로라도 씻지만

좋을 때 더욱
생각나는 건

이제 곧 죽어도
갚을 수 없는
천형(天刑)

운명이라 되뇌는
아픔이라도 좋으니

찰나라도
다시 한번

옷깃이라도
바람만이라도

그대여
슬픈 그대여

겨울감기

으슬으슬
떨고 있는
햇살

외투 속으로
포옥
끌어 안으니

또렷이
살아 오는
얼굴 하나

진저리 치는
외로움에
몸살을 앓는다

옥잠화 연서

옥잠화 넓은 잎새에서
당신의 얼굴을 보았습니다.

살포시 고개 숙인 꽃대궁에서
당신의 마음을 보았습니다.

고고한 듯 하얀 얼굴 뽐내면서
못내 부끄러워

어디를 보나요?
누구를 기다리나요?

산책로 한 곁에
유독 눈부신 당신

시계

살 수 없을 것만 같았다
그대 없이는

그런데 그런데
살아 지더라

밤 깊으니 동이 트고
꽃 지니 열매 맺고

그리움도 기다림도
만남도 헤어짐도

습관이 되고
일상이 되어

그런 대로
저런 대로
살아 지더라

6부

설레는
마음만 챙겨도

첫 눈

해마다 가슴을
들쑤시는
마력

설레는 마음만 챙겨도
살 만한
세상이니

항상 깨어 있으라며

겨울의 길목에서
미몽(迷夢) 깨워주는

영혼의
자명종

군고구마

뼛속 깊숙이 사무칠수록
빛나는 별이 있다.

문풍지 덜덜 떠는
매서운 한겨울

화롯불 속 고구마
피식피식
잿가루 퍼트리는

초가집 골방
호호거리던
옛이야기

추우면 추울수록
뜨거운 입김 날리며
더더욱 빛나는 별이 있다.

가로등

있어야 할 자리에
있을 수 있으니
얼마나 좋을까

눈비 맞아도
끄떡 없고

홀로라도
초연히

외진 골목길
밤이 깊을수록

더욱 더
당당할 수 있으니
얼마나 좋을까

세밑 여행

바다로 오길 잘했다
그것도 서해라서
더더욱

시작만 요란하고
마무리 한번
야무지지 못했던
나날들

아쉬워 아쉬워
가슴 한 켠
저려 오는데

수평선 너머
펼쳐진 야무진
매조지

바다로 오길 잘했다
그것도 서해라서
더더욱

풋고추 단상

쉽게 뱉을 수 없다

모처럼 제 구실 하는 놈
단단히 만난 인연

화끈화끈
땀 뻘뻘

입 다물고
꼭꼭

난 누구에게
이처럼

구실 한번
제대로
한 적 있었던가

차마
쉽게 뱉을 수 없다

참으면 병 된다

참는 게
좋은 것만은 아니란다

울고
싶으면
울어라

아이야

참으면
병
된다

돌 탑

돌탑을 쌓았다

시멘트 다져 넣으면
쉽게 쌓는 줄
알지만

큰 돌 작은 돌
괴고 박고
땀방울 축여
높이
쌓았다

더디면 어떠랴
돌
하나하나에 스며드는
땀이
있는데….

돌 탑2

돌탑이 무너졌다
땅이 풀리며
주춧돌을
흔들었기 때문이다

아직 봄 맞을
준비가
안 됐기
때문이다

돌 탑3

터와 주춧돌이
문제였구나

좀 더 공 들이고
다져야 했는데

무너진 탑 앞에
부족한 정성 찾아

이리 찾고
저리 찾으니

보인다
보여

터와 주춧돌에 틈새 난
초보의 땀방울

물

1.

얼마나
흘러야
미칠 수 있을까

누구만이 아니라
누구에게나

꼭
있어야 할

없어서는 안 될
모습으로

2.

얼마나 더
스며야
이를 수 있을까

필요로 하는
자리

채워도 채워도
속절없는
목마름

얼마나 큰
꿈을 품어야
미칠 수 있을까

신록의 속삭임

목련 라일락 아카시아
꽃으로 남을 때는
우리 저마다
홀로이지만

따가운 햇살 기나긴 날들
그리움으로 속삭일 때는
우리 모두 초록으로
하나가 된다

모여라 모여라
한철
꽃으로 남지 말고

바람이 흔들면 흔드는 대로
빗줄기 내리면 내리는 대로
꽃 속에 감춰 둔 속내

모여라 모여라
한철 꽃으로
스러지지 말고

김 장

하나가
되어야 한다

모여서 섞이고
부대끼며

손발 척척 다듬고
절이고 버무리며

하나로
만들어야 한다

겨울을
이기는 힘이다

김 장2

찾아 가는구나
자기 자리

배추
무
마늘 파 생강
고춧가루 소금 젓갈

절이고 썰고
다듬고
얽히고 설키면서

정확히
찾아 가는구나

봉숭아 꽃물

열 손가락 듬뿍듬뿍
봉숭아 꽃물을 들이는
열 살 큰딸아이

"부자되게 해 주세요."

첫눈이 올 때까지
손톱 꽃물 갖겠다고
심혈을 기울일 때
하늘에서는
가는 비가 내렸다

"아빠, 작년에도 빌었는데
왜 부자가 안 된 걸까?
혹시 나 같은 사람이 많아서
늦어지는 것 아닐까?"

가는 비에
촉촉이 젖어드는
딸아이의 혼잣말이
유난히
눈부시다.

봄 봄

산수유 활짝 피워 있는
봄볕 속으로
토란도
고구마도 살짝
얼굴을 내밀었다.

냉이 캐는 아이의
손잔등 위에서
춤추는 아지랑이
새순들이
살 맛 났다.

꽃샘추위 지천으로
널려 있는
봄볕 속으로
병아리 한 마리
살포시 눈을 맞췄다

꽃씨를 받으며

꽃은 죽음으로 씨앗을 남겼다

누군가에게
나도 거두어져
잠시 쉬었다
피워나는 건 아닐까

봉숭아
맨드라미
코스모스
백일홍
따스한 햇살 아래
알차게 맺힌
옹골진
그리움이여

꽃은 죽음으로 씨앗을 남겼다

사랑과 그리움
그리고 이별의식
— 이인환의 첫 시집

채 수 영

(문학비평가. 시인. 문박)

1. 시의 밭을 일구는 일

좋아서 하는 일에는 신명(神明)이 난다. 이런 현상은 아마도 일에 대한 호불호의 상관이 능력으로 귀결되는 이유도 가미(加味)될 것이다. 능력이란 결과 앞에서 운위(云爲)하는 설득일 것이기 때문이다. 똑같은 일이라도 동일한 시간에 감탄을 보낼 수 있을 만큼 커다란 업적을 생산할 뿐만 아니라, 그 업적의 성과에 대한 평판조차 훌륭할 수 있다면 이는 좋아서라는 피상적인 말이 핵심을 벗어나는 경우는 아닐 것이다. 물론 싫은 일에 능률은 저조할 것이 당연할 것이다. 글을 쓰는 일도 이런 이치에 합당한 예를 얼마든지 발견할 수 있을 것이다. 왜냐하면 글이란 정신의 작업이고,

또 고도(高度)한 집중력을 필요로 할 때, 생산되는 결과물엔 언제나 한계를 갖게 된다. 그러나 시인은 결코 한계 앞에 자신의 의식을 포기하지 않을 때, 성주(城主)의 임무를 수행하는 길을 만들 줄 안다. 설혹 엄혹(嚴酷)하고 참담한 인생의 파도에 휩쓸리면서도 시는 구원의 메시지를 보내는 길을 노래하는 사람이기 때문이다. 상처를 아물기 위해 혹은 다가올 미래의 영지(領地)를 위해 시인의 노래는 위안의 목록이라는 사실이다. 농부는 땅의 척박을 탓하지 않고 오로지 땀과 감사로 운명을 개척하는 사람 — 시인의 운명도 그렇게 결정 지어져 있다.

첫 시집을 상재(上梓)하는 이인환의 시를 검토하면서 농부라는 말에 시인을 대입하면 그가 말하고 노래하는 정신의 근원이 농사짓는 일의 비유에 닿고 있기 때문이다. 성실과 노력이 보이고 운명에 밭을 헤쳐 나가는 슬픔에서도 웃음기 많은 표정이 밝게 다가오는 — 쓸쓸함도 예외는 아니다. 이제 그의 노랫가락의 길을 따라 숲으로 갈 뿐이다.

2. 회상과 현실사이

1) 아버지의 추억

가족은 사회단위의 최소이면서 삶의 동력을 저장할 뿐만 아니라 생활의 가치를 구현하는 점에서 가장 중요한 공간을 이룬다. 삶의 에너지를 충전하는 일뿐만 아니라 생의 의미에 따르는 질서의 개념을 익히는 출발이 되기 때문이다. 부모의 사랑이 자식에게 전달될 때, 인간가치의 소중함을 익히고 타인에게 이를 전파하는 배움의 최소단위 — 윤리적인 문제를 배우고 익히는 도덕 앞에 인간의 가치를 터득하게 된다. 아버지로부터는 생의 신념과 굳건한 의지나 사회규범의 질서를 배우고 또 인간관계의 중요성이 자식들에게 전달 될 때, 가정의 전통을 형성하면서 사회구성원의 일원으로써 사는 법을 배우게 된다. 이와는 달리 어머니는 사랑과 모성애가 질곡(桎梏)과 험난한 세상을 살아가는데 에너지원을 형성하면서 따스함이 얼마나 강한 힘을 가질 수 있는가를 알게 된다. 다시 말해서 부모의 사랑을 받고 자람으로써 도덕성을 겸비한 인간으로 사는 법 — 휴머니즘의 가치를 알게 된다. 아울러 형제자매는 한줄기에서 나온 혹은 동일한 뿌리에서 저마다 다른 소임(所任)을 완수하면서 인간관계를 유연하게 형성할 뿐만 아니라, 질서 속에 사는 기교를 배우는 역할을 주고 받는다. 가정은 곧 자기존재를 보호하면서 더 높은 가치로 진전(進展)하는 사회생활의 기초라는데 이의(異議)가 없을 것이다.

이인환의 시에 아버지는 정신의 줄기, 즉 기둥의식을 가지고 있다. 기둥이 튼튼해야 비바람을 막을 수 있고 또 가족들을 잘 보호할 조건이 갖춰지는 이치 또는 집의 모습이 아름다울 수 있는 것과 같이 가장인 아버지의 역할은 기둥으로의 임무에 가까울 것이다. 설사 아버지가 고관대작이거나 또는 촌로의 삶을 산다 해도 자식을 위해 헌신하고 모든 것을 바치는 일로 묵묵함에는 모두 공통이 될 것이다. 어느 아버지나 이런 역할이 동일함에서 고귀한 이름이 아버지의 연상으로 남는다는 사실이다. 이시인의 경우는 이런 애착의 감정이 유독 강하게 표출된다.

봄이 오는 소식을
아버지는 등으로
짊어 지셨다

지게 가득
외양간
쇠똥 거름 뒷간 인분
논으로 밭으로

땅 속 깊숙한 곳에서

언 땅 뚫고 기지개 켜는
봄의 생기를

뜨거운 입김 날리며
아버지는 거뜬히
등으로 짊어 지셨다

아버지의 봄에는
삼남 이녀의 봉오리가
망울져 있었다

– 〈아버지의 봄〉에서

　계절을 아는 것은 직업에 따라 다른 이미지를 갖고 있다.
그러나 농부는 농사를 짓기 위해서 예민한 계절 감각을 발
휘한다. 씨앗을 뿌리고, 물을 건사하고, 또 애정을 보임으
로써 푸른 싹의 생명체로 거듭나는 봄에는, 노동의 계절이
힘겨워진다. 말없는 초목일지라도 애정을 분간하는 점에서
농부는 자연의 이치를 터득한 사람일 것이다. 왜냐하면 순
리를 따를 때, 비로소 소득을 올릴 수 있고, 자연의 순환에
대해 누구보다 예민한 촉수를 두리번거리는 일이 농사짓는

일이기 때문이다. 봄이 오면 이인환의 아버지는 '등으로 짊어 지셨다' 는 노동의 시작이 봄에서 실마리를 잡고 있다. 이는 '쇠똥 거름 뒷간 인분/논으로 밭으로' 옮기는 작업이 지게로 이루어지는 일이기 때문이다. 이 같은 노동은 오로지 식솔(食率)들 ─ 삼남이녀의 뒷바라지를 위해 헌신하는 아버지의 땀은 고달픈 노동조차 망각에 묻고 사는 역할을 잊지 못하는 이인환의 정서는 고마움, 그리고 추억을 함께 엮어 그리움으로 회상(回想)한다.

농부에게 겨울은 준비의 계절이지만 이인환의 부친은 무료하게 노는 것이 아니라 생산적인 노동을 위해 공방을 차린 모습에 감동의 물결이 출렁인다.

1.

사랑방에 공방을
차리신
아버지

새끼 꼬아
가마니 돗자리 소쿠리
멍석에 수수빗자루

143

골방을 가득 채우던
한겨울의 땀 내음

2.

뒷산에 출근 도장을
찍으셨던
아버지

가랑잎 솔가지 고주박
소나무 아까시
참나무 장작

삼남 이녀의 온돌을 거뜬히
짊어지셨던 한겨울

지게질 거친 숨결 따라
혹한도 잠든 지
오래 오래

— 〈아버지의 겨울〉

시인의 아버지는 봄에서부터 겨울까지 오로지 자식이나 가정을 위해 헌신하고 땀 흘린 모습으로 고귀하게 연상된다. 이는 울타리의 역할이었고, 가정의 높이를 위해 떠받힌 튼튼한 기둥으로의 삶이라는 헌신 — 누가 알아주어서가 아니라 가정의 행복만을 위해 — 그런 명분이 오로지 맹목의 사랑에 집중된다. 이는 숙명이고 해야 할 명제라는 점 이외는 생각의 여지가 없는 행동일 뿐이다. 결국 아버지 존재는 처자식의 미래와 행복을 실현하려는 일념의 목록이외에는 끼어들 여지가 없는 순수의 행동만이 있을 뿐이다. 물론 아버지의 사랑은 보이지 않아 투박하고 무뚝뚝하다면 어머니의 사랑은 자상함에서 유가 다를 것이다. 다시 말해서 상호보완적인 조화로써 원만한 가정을 구성하게 된다.

아버지 잠 드신
솔 숲에
함박눈이 내렸다

좌로 우로 생긴대로
사시사철 솔 향내 풍기는 숲으로
한 줌
거름이 되신 아버지

세상을 하직한 아버지의 모습이 솔 향내로 환생하여 시인의 가슴으로 찾아든다. 눈을 이고 있는 조선 소나무 가지 위에 소복이 내린 — 흰 눈의 모습으로 다가온 아버지는 이인환의 시심(詩心)을 자극하는 애절함이 되어, 그리움을 부추기는 양상이 다정스럽다. 이는 부재에 대한 공간의 넓음이고, 거기서 다가오는 서글픔이 아버지의 큰 이름으로 시의 깊이를 방문하는 것 같다. 특히 〈아버지의 잠바〉, 〈아버지의 길〉, 〈아버지의 신발〉 등은 아버지에 추억, 그리고 〈개나리꽃〉, 〈도드람산을 보며〉 등은 그리운 정서가 회오리치면서 돌아가신 이후 후회의 마음을 일렁이게 하는 이미지가 시간의 중심을 휘젓고 있다.

2) 어머니

인간사에 시작과 끝이 있다면 어머니는 시작을 의미할 뿐만 아니라 원형(原型)으로의 고향이 되는 상징을 갖는다. 다시 말해서 시작이면서도 마지막엔 돌아가는 정신의 의지처라는 뜻을 갖는다. 아버지의 상징과 더불어 근원으로 이어지는 줄기의 가장 마지막을 장식하는 사랑의 헌신 — 생명을 이어받아 키우는 어머니에서 지고(至高)한 사랑이 탄생된다. 사랑과 희생의 상징이면서 무한의 정신적인 에너지를 간직했고 여기서 존재의 길이 나타난다.

논밭일 팔십 평생
살 태우시고 뼈
삭혀 오신
어머니

앙상한 몸매
쪼그라든 주름
약으로 병원으로
의지하지만

약 한 봉지 드시더라도
짐이 될 수 없다며
자식부터
챙기시는
강단진 세월

애오라지
자식 걱정
한 점 부담마저
떨구려는
가없는 사랑

             – 〈어머니〉

  간명한 구조의 시(詩)이지만, '가없는 사랑'에 시적 의도 (意圖)가 집중된다. 아울러 '애오라지/ 자식 걱정'으로 마음이 사그라드는 것이 모정의 본질이기 때문이다. 약한 듯 보이면서도 가장 강한 에너지원으로서의 어머니는 자식을 위해서는 두려움이 없는 전사(戰士)의 용맹을 간직하고, 때로는 위대한 폭발력을 전달한다. 승리하는 자식을 위해 모든 걸 다 바치는 일이 일상이고, 자기를 버리고 자식을 위하는 일로 사랑의 정서는 펼쳐진다. 다시 말해서 내가 없고 오로지 자식과 가정만이 관심인 어머니의 일생은 '약'과 '병원'으로 의지할지라도 무한의 사랑에 모든 걸 소진 (消盡)하는 '팔십 평생'의 여정이 이시인에게는 안타깝기만 하다. 〈냉이〉와 〈백일홍〉, 그리고 〈불효〉, 〈어머니와 낙엽〉 등은 사랑의 마음을 의탁한 정서가 시인에게 후회와 안

타까움을 생산하는 이미지로 전이(轉移)된다. 특히 어머니
의 경우 꽃으로 비유되는 바, 사랑을 향기로 상징하는 특징
이 있다.

"옛다, 다 가져라
죽으면
가져갈 것도 아닌데….”

— 〈어머니와 낙엽〉에서

한 티끌 짐이라도 남길까 봐
머문 자리 정리하듯

한 톨 꽃씨라도
애중지

어머니 꽃밭 속에
꿈 젖은 백일홍

— 〈백일홍〉에서

오뉴월 땡볕 아래
점점이 하얗게
피워 올린

은은한
향내

− 〈찔레꽃〉에서

  모든 걸 주는 것으로 본분을 삼는 〈어머니와 낙엽〉이라
면, 가진 것 모두를 자식에게 주어야 편안한 무소유의 〈백
일홍〉, 고단하고 힘겹더라도 그 인생의 길이 아가페적인 행
위에서 나오는 향내의 〈찔레꽃〉 등은 비유가 넘치는 시심
(詩心)의 행방이 무한한 정감을 자극한다.
  위대한 표상의 어머니는 많다. 비록 평범한 어머니일지
라도 자식에게는 가장 위대한 대상이 어머니이기 때문이
다. 자식을 황제로 등극시키기 위해 남편을 죽인 네로의 어
머니가 있는가하면, 사생아를 낳았고 어머니를 발로 걷어
찬 탕아를 기도로 하여 성인으로 키운 성 어거스틴의 어머
니 모니카와 황제를 그만 두는 일을 대비해 교원연금 100만
프랑을 반으로 쪼개어 아들을 위해 저축한 나폴레옹의 어

머니 레티이치아, 한석봉의 어머니, 또는 율곡의 어머니 사임당 신씨 등은 어머니의 힘이 얼마나 위대한가를 증거(證據)하는 예들이다. 그러나 어머니는 자식을 위대라는 수식사로 키울 경우만은 아니다. 비범하지 않을지라도 건강하게 사회에 기여하는 자식으로 키운 어머니는 모두 위대라는 수식사를 받아 마땅한 일이다. 평범할지라도 자기 몫을 다하는 자식이면 어머니의 소망은 거기에서 끝난다. 무욕과 사랑이 모든 어머니의 바람이기 때문이다.

3)고향의 애착

이인환의 시에 고향은 매우 끈적한 정감과 애착으로 점철되어 나타난다. 고향에 대한 정서는 어머니와 동일한 감수성으로 시의 진로를 형성하면서 돌아가고 싶은 마음이 애정과 그리움으로 형상화한다. 어머니가 생명을 잉태한 정서라면, 고향은 의식이 뛰어놀던 추억의 이미지이기 때문이다. 이천의 호법면에 있는 단내는 이인환의 시심의 근원이면서 삶의 고단함과 아픔을 치유하는 또 다른 내면의 성(城)과 같다. 이 의식의 성을 지키기 위해 애정으로 찾아가고, 추억 묻은 에피소드를 발굴하는 노력이 배가되기 때문이다. 마을 앞으로 흐르는 단내천 — 개울이 지난 날을 부추기는 표상이 되어 〈단내별곡1~10〉까지의 연작시로 추억을 찾아 나선다. 어린 날의 기억들은 항상 아름답게 채색된다.

그리운 것이 어디 이름뿐이랴

자치기 비석치기 딱지치기
진돌이 빵울놀이 오징어놀이
벌거숭이 동무들
모이기만 하면 마냥 즐겁던 놀이들

건들바위 장수바위 삼형제바위
산이 있어 산에서 놀고

개헤엄 송장헤엄 개구리헤엄
내가 있어 내에서 살고

오방뜰 창뜰 물건너
들이 있어 들에서 뒹굴던

내 고향 단내

유년의 단물 쉼 없이 흘러 보내는

삼백 년 수호신 느티나무 가지 위로
붉게 타오르는 태양도

옥시울 옥수암 와룡산 너머
산 그림자 드리우는 황혼도

아스라이 고즈넉이
살아 오는데

그리운 것이 어디 이름뿐이랴

– 〈단내별곡.1〉

어린 시절 동무들과 놀이의 즐거움, 그리고 산에서 놀던
추억의 회상, 더불어 냇물에서 헤엄치던 천둥벌거숭이의
천진한 모습의 추상(追想), 들판에서 놀았던 윤나는 기억
들, 느티나무 아래서 바라 본 낙조의 환희, 그리움을 자극
하는 이름들이 파노라마처럼 지나갈 때, 나이를 망각하고
돌아가고 싶지만, 시간의 간격에 막혀 방황하는 길은 회상

의 그림자를 따르는 일이 고작이다. 그러나 추억은 긴 여운을 남길지라도 짠지밭로 가로지른 들판의 기억들은 시간의 숲 너머로 사라진 여백 위에 그리운 흔적들이 더욱 애상(哀想)감을 부추긴다.

이제는 큰크리트 덮여버린
골목골목 다람쥐 나무 타듯
스쳐가는 바람

결국 이렇게 그리워 할 것을
왜 그리도
떠나고 싶어 했던가

– 〈내 고향 단내.3〉에서

변화는 아쉬움을 주지만 이는 인간사에 필연으로써, 어디나 변화로 몸살을 앓은 것이 고향의 이름일 것이다. 떠나고 싶어 안달하던 고향 — 그러나 정작 어디를 가든 고향으로 고개를 돌리는 수구초심(首丘初心)의 본능은 비단 인간만의 일은 아니다. 또 떠났던 고향에 다시 돌아간들 실망과 후회의 목록이 줄지어 기다리는 고향의 정서는 뇌리 속에

정지된 추억의 시간이 안타까움을 주는 대상만으로 화면은 정리된다. 시대는 앞으로 가고 추억의 시간은 그 자리에서 멈춰 있기 때문이다.

4) 자화상 그리기

글쓰기는 결국 자기를 쓰는 일이고 자기만큼 표현한다. 이 명제 앞에서 당황하는 일은 자기를 벗어나는 황당한 수식이거나 과도한 상상의 숲에 갇히는 일이 될 것이다. 왜냐하면 글은 곧 자기의 모습을 어떻게 표현하는가의 방법과 기교적인 부분이 결합하여 대상과 대면하기 때문이다. 전자는 시인의 성품이 들어 있을 것이고, 후자 ― 기교에는 얼마나 많은 노력이 첨가 되느냐의 여부에 따라 글은 표정을 달리하기 때문이다. 대체로 자기를 표현하는데 글은 집중된다. 과거와 현재, 그리고 미래를 추정할 수 있는 글쓰기의 종점은 글의 평가로 나타나기 때문이다. 이인환은 천성이 여리고 외로움에 길들어진 인상을 준다. 물론 선천적일 수도 있고, 또 후천적인 이유도 내장될 수 있을 것이다. 왜냐하면 삶은 종합적인 판단 위에서 오늘의 모습이 재현될 것이기 때문이다.

웃어 주니
좋다

입가에
눈매에
양 볼 가득

사람 좋은
모습으로

기쁨 채워주는
그대가
정말 좋다

　　　　　　– 〈표정〉에서

　시는 비유의 작업이다. 때로는 직유 아니면 은유, 더러는
역설의 강조 ─ 응축의 방법으로 나타내기 위해서는 비유
의 방법밖에 달리 길이 없기 때문이다. '웃어 주니/ 좋다'
의 간명한 요구는 바로 시인 자신의 모습을 보여주는 우회
적인 표출이기 때문에 대상을 숨기면서 자화상을 나타내는

방식이다. 웃는 표정의 시인 모습이 내면에 담겨진 의도와
는 다르게 슬픔의 강물이 흐르는 것 같다 ―낯설게라는 방
법이 기교로 내장된다는 뜻이다.

> 조만치
> 보일 듯이
> 요만큼 들릴 듯이
>
> 애태우는 버릇은
> 누구에게
> 배웠는가

> ― 〈안개〉에서

　　자신의 소극적인 성품을 보이는 부분이다. '조만치'와
'요만치'의 짧은 거리에 담겨진 안개 속에서 명료한 모습
을 보이지 못하는 이유는 그 자신의 성품에 있다는 뜻이 숨
겨진다. 왜냐하면 '그대로 있는 그대로'조차 망설임에 익숙
하기 때문에 안개가 스스로를 휘감는 이유가 된다. 소극성
은 이인환의 삶을 결정짓는 이유 ― 인생이란 때로 과감한
도전과 돌파에서 새로운 국면을 장악할 수 있지만, 이시인

의 경우는 주저와 망설임이 스스로 위축되는 상황을 후회로 나타낸다. '사랑한다는 말조차', '되뇌고 되뇌어도/ 입 안에만/ 맴돌 뿐'의 소극성은 곧 오늘의 이인환 모습이 오버랩된다. 〈슬픈 인연〉이나 〈겨울 감기〉, 〈실록의 속삭임〉, 〈가로등〉 등의 시에서는 여리고 진솔한 모습이 담겨 있다.

고독은 누구나 맛보는 이름이지만 이시인의 경우는 몸에 절어진 그림자처럼 길다. 그 깊은 이유를 알아낼 길은 없다. 왜냐하면 시는 곧은 길을 보여주는 것만이 아니고, 때로는 우회의 먼 길에서 바라보는 아름다움도 제시하기 때문이다.

또렷이
살아 오는
얼굴 하나
진저리 치는
외로움에
몸살을 앓는다

– 〈겨울 감기〉에서

외로움과 고독은 같은 항목에서 살지만 고독은 경우에

따라 의도성이 있고, 외로움은 상황이나 처지에 갇힌 경우가 될 수도 있다. '진저리 치는/ 외로움에/ 몸살을 앓는다'는 이유는 내면에서 끓어오르는 열망을 내보낼 수 없는 처지에서 감기는 변명의 이유 — 외로움의 간판이 되고 있는 것 같다. 특히 〈추경애가〉에서는 앞으로 나가지 못하고 그 자리에서 맴도는 안타까움과 여린 시인의 마음이 애절성을 부추기는 정도가 깊다.

5)이별

누군가 좋은 사람이 '없다' 는 의식은 큰 공간에 대한 두려움과 아쉬움이 더욱 깊은 수렁을 만들면서 다가들 때, 부재의 공간은 아픔을 부추기는 상황이 된다. 이인환은 대상이 세상에 사라졌다는 갈등이 교차하면서 어려운 고비를 넘어가는 모습이 배회하고 있는 것 같다.

〈첫사랑〉, 〈짝사랑〉, 〈시작〉 등은 사랑의 감성을 나타냈고, 〈신록의 속삭임〉은 홀로의식이 슬픔을 느끼게 한다. 현재의 상태로 해석되면 아픈 이름이고, 상상의 깊이로 보면 연민이 앞장 설 일이지만, 전자의 이유가 승(勝)한 것 같은 뉘앙스가 더 많은 인상을 남긴다. 누군가와의 이별이다.

그렇게 가니
좋은가

철썩 철썩
시퍼렇게 때려 놓고

감쌀 듯 보듬을 듯
다가왔다 돌아 서니

머물 수 없으면
내색이라도 말지

철썩 철썩
멍울지는 그리움

            – 〈파도〉에서

   파도처럼 다가오는 대상이 떠난 아픔을 토로한다. 이별의
통증이고, 이로 인해 세상의 빛이 서러움으로 가득함을 느끼
게 된다. 가까운 사람과의 이별인 듯, 고통이 이내 그리움으
로 변하는 것은 사랑의 깊이만큼 참담함을 연상하기 때문이

다. 파도 소리의 '철썩 철썩'이 마음을 때리는 통증으로 변할 때, 사랑의 농도는 결국 아쉬움을 연상하는 길로 나아가는 인상이다. 파도 소리의 크기와 비례하여 그리움을 배가하는 일이 더욱 절실성으로 변모할 때, 원망의 소리보다는 지난 일들에 대한 상념이 길을 잃어 방황하는 서러운 정서가 보인다.

> 가슴이 시릴수록
> 어려오는
> 그리움
>
> 이전에도 저렇게
> 설레임
> 뿜었을 게다
>
> 그때는 단지 그대가
> 함께 함으로
> 느끼지 못했을 뿐
>
> ─ 〈눈꽃〉에서

'이전에도'의 문맥으로 볼 때, 그리움의 향방이 과거와 현재가 연결고리를 형성하면서 이어진다. 다시 말해서 '그 때는 단지 그대가/ 함께 함으로/ 느끼지 못했을 뿐'이라는 시어에 과거와 현재의 상태가 유추되기 때문이다. 아픔은 인간을 성숙하게도 하고 상실의 늪으로 빠지는 경우도 있을 수 있지만, 이인환의 경우는 객관적으로 바라보는 지점 — 상당한 시간이 경과한 듯한 느낌을 준다. 그리움의 모습이 시간이 멀어진 거리감에서 비롯될 수 있는 슬픔은 시간과 비례하여 농도가 다르게 호소하기 때문이다.

3. 에필로그

시는 인간의 의식을 나타내는 심리적인 회화(繪畵)라면 대체로 두 가지의 형태로 나타난다. 하나는 좌절과 슬픔의 깊이에서 헤어 나오지 못하는 비극의식과 또 하나는 자기를 객관화하면서 비교적 담담한 형태로 진행된다면, 이인환의 정서 상태는 얼마만큼 떨어진 거리를 유지하면서 과거를 바라보는 시선인 것 같다. 유약(柔弱)한 것 같은 심성, 즉 나이브함이 주류를 이루는 정서에는 수묵빛깔의 풍경이 전개된다.

아버지의 길을 답파(踏破)하는 시심에는 엄숙과 이해의

감성이 교차하면서 애달픈 추억을 상기하고 있다. 때로는 삶에 큰 그릇이었고, 고통을 혼자 짊어진 아버지의 그림자가 누구를 위함인가를 알아차린 시인의 마음에 빚으로 남아 있어 후회의 느낌을 주는 것도 사실이다.

어머니는 삶과 사랑의 원천이면서 오늘을 지탱할 수 있는 근간이면서, 모성애는 곧 생의 원천임을 터득하는 효심으로 전이(轉移)되지만 여전히 방랑하는 의식이 보인다.

고향의 추억은 나이 들은 오늘에야 새삼 추억의 풍윤함에 시심의 물기를 찾아가는 듯 친밀하고 애틋하다. 그러나 돌아갈 수 없는 시간의 간격에서 추억은 항상 먼 거리에서 손짓하는 것 같은 안개의 이름이기에 더욱 아름다운 영상이 되는 것 같은 슬픔이다.

이별은 그리움으로 엮어지는 사랑의 마음과 파도를 일으키는 정서로 작동될 때, 슬픔의 이유에는 고독의 늪이 깊게 형성된 것 같다. 이는 여린 심성으로 세상을 헤쳐 가는 길에 돌발의 체험이었고, 이것이 멍에로 작동될 때, 넘어야 할 숙제이자 외로움과 맞서는 상처의식인 듯 보인다.

이인환의 시는 짧은 스타카토식 언어와 비유의 적절함이 유장(悠長)한 리듬을 내장하면서 시의 숲을 꾸미려는 의도가 보이는 순수와 투명의 시인이다.*